23 mai 1892. V

VENTE APRÈS DÉCÈS DE Mme M***

HOTEL DROUOT, SALLE N° 9

Les Lundi 23 et Mardi 24 Mai 1892, à 2 heures

RICHES BIJOUX

COLLIER DE TROIS RANGS DE PERLES

DIAMANTS, PIERRES DE COULEUR

ARGENTERIE, GARDE-ROBE

MOBILIER, OBJETS D'ART

TABLEAUX

TENTURES, TAPIS, RIDEAUX

Me Henri **BERNIER**
Commissaire-Priseur
Rue Saint-Lazare, n° 11

Me Paul **FOURNIER**
Commissaire-Priseur
Boulevard Sébastopol, 3

Me Léon **PECQUET**, Commissaire-Priseur, rue Choron, 10

M. A. BLOCHE, Expert près la Cour d'Appel
rue de Châteaudun, 25

CHEZ LESQUELS ON TROUVE LE PRÉSENT CATALOGUE

EXPOSITION PUBLIQUE

Le Dimanche 22 Mai 1892, de 2 heures à 5 heures 1/2

PARIS — 1892

IMPRIMERIE MAULDE et RENOU

—

A. MAULDE & Cie

IMPRIMEURS DE LA COMPAGNIE DES COMMISSAIRES-PRISEURS

Rue de Rivoli. 144

CATALOGUE

DES

RICHES BIJOUX

COLLIER DE TROIS RANGS DE PERLES

Bracelets, Boucles d'oreilles, Papillons, Broches, Étoile, Colliers
Bagues, Chaînes, Montres, Bourse, Cœur

EN DIAMANTS, RUBIS, ÉMERAUDES, TURQUOISES

Trois grandes Perles Poires montées en pendeloques

ARGENTERIE DE TABLE, VAISSELLE PLATE

ÉLÉGANT MOBILIER — OBJETS D'ART

TABLEAUX

TENTURES, RIDEAUX, T PIS

Garde-Robe de femme, de **LAFERRIÈRE** et de **DIEULAFAIT**

*Dentelles, Lingerie, Linge de ménage, Vins, Porte-Bouteilles
Meubdles de omestiques*

Le tout dépendant de la Succession de Mme M***

ET DONT LA VENTE AURA LIEU

PAR SUITE DE SON DÉCÈS

HOTEL DROUOT, SALLE N° 9

Les Lundi 23 et Mardi 24 Mai 1892, à 2 heures

Me Henri **BERNIER**	Me Paul **FOURNIER**
Commissaire-Priseur	*Commissaire-Priseur*
Rue Saint-Lazare, n° 11	Boulevard Sébastopol, 3

Me Léon **PECQUET**, Commissaire-Priseur, rue Choron, 10

M. A. BLOCHE, Expert près la Cour d'Appel
rue de Châteaudun, 25

CHEZ LESQUELS ON TROUVE LE PRÉSENT CATALOGUE

EXPOSITION PUBLIQUE

Le Dimanche 22 Mai 1892, de 2 heures à 5 heures 1/2

CONDITIONS DE LA VENTE

La vente sera faite au comptant.

Les Acquéreurs paieront CINQ POUR CENT en sus des enchères.

L'Exposition mettant le Public à même de se rendre compte de l'état des Objets, il ne sera admis aucune réclamation une fois l'adjudication prononcée.

A. MAULDE et Cie, imprimeurs de la Cie des Commissaires-Priseurs,
rue de Rivoli, 144   1000—24339

Désignation des Objets

BIJOUX

1 — Beau Collier de 183 perles, pouvant former trois rangs ou longue chaîne. Poids environ : 1.660 grains.

2 — Cadenas du Collier précédent composé de 36 brillants.

3 — Deux belles Perles blanches forme poires, montées en pendeloques avec calottes en roses. Poids environ : 140 grains.

4 — Perle forme poire, montée en pendeloque avec calotte en roses surmontée d'un brillant. Poids de la perle environ : 48 grains.

5 — Paire de Boutons d'oreilles formés de 2 perles blanches solitaires. Poids environ : 90 grains.

6 — Broche ronde enrichie de 5 perles blanches et de 54 brillants. Poids des perles environ : 50 grains.

7 — Bouton d'oreille composé d'une perle, 8 brillants et 16 roses.

8 — Joli Bijou de cou, forme cœur composé de 79 brillants et de 8 roses à la bélière.

9 — Quatre jolis Papillons composés de 224 brillants et 24 rubis, montés en épingle de coiffure.

10 — Deux épingles forme mouche, composées de 2 perles, 2 rubis, dont 1 spinel et 136 roses.

11 — Etoile formant épingle de coiffure composée de 31 brillants et 25 roses.

12 — Beau Bracelet dit porte-bonheur composé de 11 brillants et 32 roses.

13 — Bracelet même modèle composé de 10 brillants et de 32 roses.

14 — Bracelet même modèle composé de 11 rubis et 32 roses.

15 — Bracelet même modèle composé de 11 turquoises et 32 roses.

16 — Bracelet même modèle composé de 11 perles et 32 roses.

17 — Bracelet même modèle composé de 11 coraux et 32 roses.

18 — Collier, formant quatre rangs, composé de 512 perles blanches avec médaillon pendentif tout pavé de perles et de roses.

19 — Jolie Bague formée d'un rubis cabochon, monture enrichie de roses.

20 — Jolie Bague formée d'une émeraude cabochon monture enrichie de roses.

21 — Bague forme *marquise* composée de 45 brillants.

22 — Large Bracelet en or avec inscription AMITIÉ en turquoise et rosess.

23 — Bracelet, forme serpent en or tressé, tête composée de 33 brillants, 66 roses et un strass au milieu.

24 — Chaîne sautoir en or enrichie de perles de fantaisie.

25 — Médaillon en forme de cœur en onyx, enrichi de 255 roses.

26 — Bracelet corde souple en or.

27 — Deux Brillants montés sur or.

28 — Bracelet composé de 14 scarabés d'Egypte, avec trois pendants, monture or enrichie de roses.

29 — Bourse en or et platine.

30 — Châtelaine forme grosse gourmette en or.

31 — Deux Médaillons en or.

32 — Deux Colliers en corail, monture partie or, partie dorée.

33 — Chaîne de montre en or et platine.

34 — Montre à remontoir au chiffre L. L. A.

35 — Montre en cristal, mouvement à répétition, indiquant les mois, les quantièmes, les jours, les heures, minutes et secondes.

36 — Chaînette pour deux décorations.

37 — Plaque de Grand-Croix d'Isabelle la Catholique en or.

38 — Plaque de commandeur d'Isabelle la Catholique en argent doré.

39 — Ordre d'Isabelle la Catholique en argent doré.

40 — Ordre du Medjidié en or et argent.

41 — Deux Médailles commémoratives en or.

42 — Oiseau en roses.

43 — Croix en onyx, monté en or.

44 — Cinq Pendants, forme feuilles en roses.

45 — Paire de Boucles d'oreilles en strass, monture or et platine.

ARGENTERIE

46 — Dix-sept Couverts.

47 — Louche.

48 — Cuiller à compote.

49 — Douze Couverts à entremets.

50 — Huit petites Cuillers.

51 — Deux Ronds de serviette.

52 — Pince à sucre.

53 — Cinq Fourchettes à huîtres.

54 — Truelle à poisson.

55 — Vingt-quatre Couteaux de table, manches argent.

56 — Douze Couteaux à dessert, manches argent.

57 — Deux Plats ovales.

58 — Plat rond.

59 — Plat creux.

60 — Service composé d'une Théière, un Sucrier, un Pot à crème et un Plateau.

61 — Coquetier et Pot à lait.

GARDE-ROBE, FOURRURES

AYANT ÉTÉ FOURNIE PAR LES MAISONS LAFERRIÈRE
ET DIEULAFAIT

---

62 — Manteau en loutre.

63 — Autre en drap rouge, garni de fourrure.

64 — Manchon en loutre.

65 — Boa et autre Manchon.

66 — Jacquette d'Astrakan.

67-75 — Robes, Costumes en satin, soierie, velours, drap, étoffes de laine et de fantaisie.

76 — Jaquettes de toutes formes, Manteaux, Corsages de dentelles.

79 — Chapeaux de fantaisie, Chaussures.

78-85 — Lingerie garnie de dentelles.

86-90 — Linge de table, Services damassés.

91-95 — Draps, Taies d'oreillers, Rideaux, etc.

MOBILIER, OBJETS D'ART

TABLEAUX

—

96 — Porte-Manteau en bois sculpté, style Renaissance, avec patères en cuivre, forme Dauphins.

97 — Banquette d'antichambre formant coffre, en bois sculpté, style Renaissance.

98 — Deux Chaises, forme portugaise, à haut dossier en cuir frappé, bois de noyer, style Louis XIII.

99 — Fauteuil de même style.

100 — Suspension d'antichambre en cuivre, style Renaissance, système à gaz.

101 — Ameublement de salle à manger en bois sculpté, style Renaissance, composé de deux Buffets, une Table et six Chaises.

102 — Suspension en bronze, système à gaz.

103-105 — Services de table à thé et autres.

106 — Table de salon en laque de Chine, décor à rehaut d'or.

107 — Tapis en peluche brodée, fond rouge.

108 — Guéridon en bois laqué.

109 — Table liseuse en bois noir sculpté avec dessus en porcelaine.

110 — Table, pied à X, en bois doré.

111 — Joli petit Meuble en bois d'ébène, garni de tiroirs à l'intérieur, orné de cuivres et de plaques en porcelaine. Provient de la vente de la reine Christine d'Espagne.

112 — Deux Fauteuils en velours, genre de Gênes, à parterre de fleurs, gaînées de peluche rouge.

113 — Canapé, style oriental, en drap brodé de Grohé.

114 — Tabouret en bois doré.

115 — Quatre Chaises bois doré couvertes de soie ancienne.

116 — Deux Décorations de fenêtres en satin de Chine brodé et en peluche.

117 — Décoration de glace dans le même goût.

118 — Décoration de cheminée, tenture de plafond et murale, portières de même style.

119 — Beau Brûle--Parfums en émail cloisonné de Chine fond jaune impérial décor en couleur.

120 — Paire de Vases en émail cloisonné de Chine fond noir décor en couleur, monture bronze doré.

121 — Deux Statues de Guerriers en armures, bronze patiné.

122 — Deux Tables à thé orientales incrustées de nacre.

123 — Porte-Coran même travail.

124 — Chevalet en bambou garni de draperies en étoffes.

125 — Paravent à trois feuilles en satin brodé de Chine, le haut garni en glaces.

126 — Deux Glaces, cadres en bois sculpté et doré, travail italien.

127-135 — Jardinières, Vide-Poches, Statuettes, Objets d'étagères en porcelaine, faïence et bronze. (Sera divisé.)

136-140 — Carpettes et Tapis.

141 — Petit Bureau en bois noir garni de cuivre.

142 — Petit Meuble à deux corps, vitré.

143 — Trois Chaises bois noir, couvertes en tapisserie.

144 — Chaise longue en velours de Gênes, avec cinq coussins.

145 — Crapaud couvert en étoffe de Brousse.

146 — Chaise chauffeuse couverte en satin noir et tapisserie.

147 — Décoration de fenêtre et portières, tenture murale en étouffe de Brousse rayée.

148 — Deux Tables étagères en bois noir orné de porcelaine.

149 — **Alfred de Dreux**. Cavaliers à travers la campagne, suivis d'un piqueur.

150 — **Alfred de Dreux**. Amazone.

151 — **Charles Blanc.** Les Bords du Nah.

152 — Lit genre oriental, avec sa literie.

153 — Tenture de fenêtre, de lit et murale en étoffe de Brousse rayée.

154 — Chaise en noyer sculpté, couverte de velours.

155 — Chaise bois doré, couverte en drap brodé.

156 — Fauteuil couvert en satin broché à fleurs.

157 — Fauteuil couvert en étoffe de Brousse.

158 — Tableau russe, cadre argent.

159 — Flambeaux, garnitures de foyer et de cheminée en cuivre.

160 — Deux Armoires, une Toilette et une Table de nuit en laque décor dans le goût chinois à rehauts d'or et incrustées de burgau.

161 — Deux Chaises, un Canapé avec deux Coussins couverts en étoffe de Brousse.

162-170 — Sièges divers, Objets de fantaisie. (Sera divisé.)

171-175 — Mobilier de chambres de domestiques.

176 — Porte-Bouteilles en fer.

177 — Cinquante Bouteilles de vin de dessert

178 — Batterie de Cuisine.

179 — Meubles de Cuisine.

180 — Objets non catalogués.